小象的
風中散步

文·圖 中野弘隆

譯 林真美

今天刮大風，
小象的心情好好。

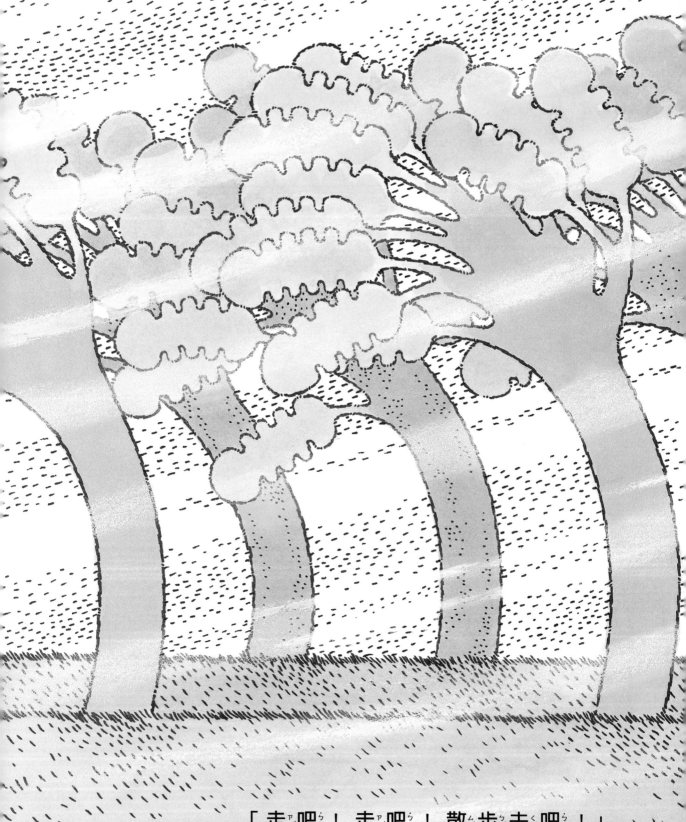

「走吧！走吧！散步去吧！」

「喂，小河馬，一起去散步吧！
咦，不在。」

啪ㄆㄚ啦ㄌㄚ 啪ㄆㄚ啦ㄌㄚ 啪ㄆㄚ啦ㄌㄚ。
「嗨ㄏㄞ，小ㄒㄧㄠ河ㄏㄜ馬ㄇㄚ。」
「啊ㄚ，小ㄒㄧㄠ象ㄒㄧㄤ，救ㄐㄧㄡ救ㄐㄧㄡ我ㄨㄛ。」

「嘿呦，小河馬，你怎麼了？」
「風太強了，我被風吹倒了。」
「小河馬，一起去散步吧！」
「你推我，我就去。」
「好啊！」

「小象的力氣真大。」
「嗯，我是大力士。」

「咦，小鱷魚也被風吹倒了。」
「啊，小象，救救我。」

「嘿呦。」

「小象，你推著小河馬，在幹嘛啊？」

「去散步啊。一起去吧！」

「那，你也要推我。」

「好啊。」

「小象的力氣真大。」
「嗯，好重啊。」

「啊，小烏龜。」
「小象，救救我。」

「嘿呦，啊啊啊啊……」

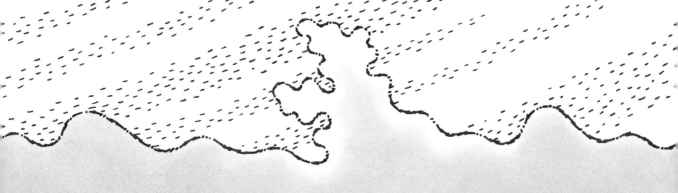

掉_{ㄉㄧㄠ}進_{ㄐㄧㄣ}池_ㄔ塘_{ㄊㄤ}裡_{ㄌㄧ}。

今天刮大風，
大家的心情好好。

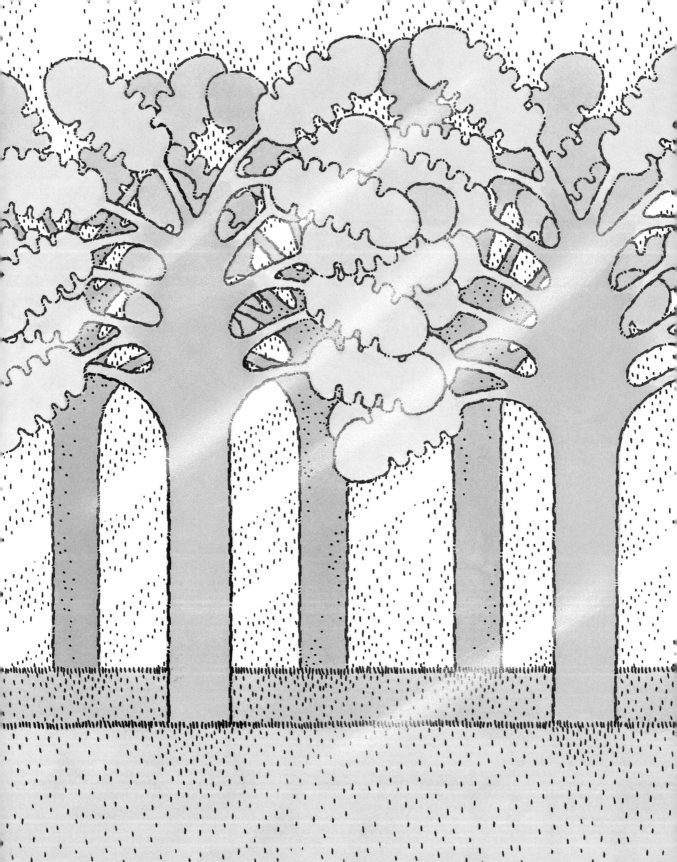

關於作者

中野弘隆

1942年生於日本青森縣。1964年畢業於桑澤設計研究所。畢業後曾在動畫公司工作，之後投入繪本創作。其於1968年問世的《小象散步》一書，幽默、簡潔有力，廣受日本小孩喜愛，至今已近百刷，並破銷售百萬本紀錄。2000年以後，中野弘隆再次以《小象散步》的角色、場景創作了《小象的雨中散步》（2003年）和《小象的風中散步》（2005年），兩書同樣是讓人會心、得以傳之久遠的佳作。在不同的天氣中，三書都讓人讀完心情為之大好，堪稱幼兒「繪本初體驗」的首選。

關於譯者

林真美

國立中央大學中文系畢業，日本國立御茶之水女子大學兒童學碩士。1992年開始在國內推動親子共讀讀書會，1996年策劃、翻譯【大手牽小手】繪本系列（遠流），2000年與「小大讀書會」成員在台中創設「小大繪本館」。2006年策劃、翻譯【美麗新世界】繪本系列（親子天下），譯介繪本逾百本。目前在大學兼課，開設「兒童與兒童文學」、「兒童文化」等課程。除翻譯繪本，亦偶事兒童文學作品、散文、小說之翻譯。著有《繪本之眼》（親子天下）等繪本論述作品。近年並致力於「兒童權利」之推廣。

ELEPHANT'S WINDY DAY'S WALK

Text and Illustrations © Hirotaka Nakano 2005

Originally published by Fukuinkan Shoten Publishers, Inc., Tokyo, Japan, in 2005

Under the title of ZŌKUN NO ŌKAZE SAMPO

Complex Chinese translation copyright © 2015 by CommonWealth Education Media and Publishing Co., Ltd.

The Complex Chinese language rights arranged with Fukuinkan Shoten Publishers, Inc., Tokyo

All rights reserved

繪本 0250

小象的風中散步

作繪者｜中野弘隆（Hirotaka Nakano）　譯者｜林真美
責任編輯｜熊君君　特約美術編輯｜翁秋燕

天下雜誌群創辦人｜殷允芃　董事長兼執行長｜何琦瑜
兒童產品事業群
副總經理｜林彥傑　總編輯｜林欣靜
主編｜陳毓書　版權主任｜何晨瑋、黃微真

出版者｜親子天下股份有限公司　地址｜台北市 104 建國北路一段 96 號 4 樓
電話｜（02）2509-2800　傳真｜（02）2509-2462　網址｜www.parenting.com.tw
讀者服務專線｜（02）2662-0332　週一～週五：09:00～17:30
讀者服務傳真｜（02）2662-6048　客服信箱｜bill@cw.com.tw

法律顧問｜台英國際商務法律事務所 · 羅明通律師
製版印刷｜中原造像股份有限公司
總經銷｜大和圖書有限公司　電話｜（02）8990-2588

出版日期｜2015 年 2 月第一版第一次印行
2022 年 6 月第二版第二次印行
定價｜280 元　書號｜BKKP0250P　ISBN｜978-957-503-618-8

♫ 故事音檔下載

國語版

臺語版

──────── 訂購服務 ────────
親子天下 Shopping｜shopping.parenting.com.tw
海外 · 大量訂購｜parenting@cw.com.tw
書香花園｜台北市建國北路二段 6 巷 11 號　電話（02）2506-1635
劃撥帳號｜50331356　親子天下股份有限公司

立即購買 >